情路

陳綺 著

序

我們走過了
這麼長遠的旅途

終於在心中找到
平衡之處

當豐盈的幸福
傾注了每一個心事

我們的緣份
變得 純淨 強大
輕盈而光燦

低頭昂首與
悲歡離合的殘酷中
悟出慈悲

從生命等距的反饋中
學會臣服

在愛情的陷阱中
找到自由

在同等的許諾
在彩虹種子的詠誦裡
我們不再擦身而過
真實人生的窄巷

歲月與故事
流傳成熱淚

我們仍舊
知足寬心於
人情事故裡……

2017年涼夏留筆

目次

卷一　美麗的遇見

我是為你

一份心意

一則美夢

一幅祝福

而來的永恆

~1~
世界在我們掌心中
風雨帶來
屬於我們的相遇

仰望與昂首
我們不再有祕密

~2~
天空下
有多少祕密
生命移動著

我們經過
青春的轉角
認準了
方向

~3~

當時光漫漫流失在
歲月中

替換的四季寫下
每個美麗的
故事

~4~

我還記得那天

你走進我心裡

便結束了

我　無夢的夜

就算在無垠的夜空裡

流浪的我

也不再迷航

~5~
後來
我們習於祈禱

只為了
一整座
魔法中的
愛情

~6~

我是為你

一份心意

一則美夢

一幅祝福

而來的永恆

~7~

霧漫漫會散去

過去的昨日

到了明天會再來

有愛的堅持與信仰

我們跟隨時間與塵埃

讓真心帶我們走向

兩個人的天堂

~8~

四季延續撰寫著

翻覆的天氣

等待中的未來

無論我們到哪裡

真心是最美的等待

~9~

心碎是一種體悟
故事中的故事
錯綜複雜的難題
是一生的領悟

放手望見
世界變的更美麗

~10~

為了和你相遇

我的愛

無限延伸後

朝你出發前

就已先抵達你

~11~

在生活的

一萬種可能裡

我們將有各自的遭遇

未來的幸福是

我們不會失去彼此

~12~

夢中與醒時
都會想著你

用一整座
城市的光

用我未曾離開的
那份心意

用我的思念
同等深厚的
情誼

想著你

~13~

雨聲遺落
昨日的荒漠

沙灘留下
海浪的淚

起飛的風　撞擊
篩落的月光

星星透過夜幕的延長
實現抵達
數萬光年以外的
夢想

~14~

每一個

孤獨的城市

在每一個

日出裡

找到自由

~15~

即將黃昏
用風的姿態
思索
生命的等距

雨滴迸裂出
今日的景色

我們是始終
靜默的悲喜

~16~
以恆久的思念
在殘酷的輪迴中
把愛佔據
你心的
每一個角落

~17~
以一身作為感恩
盈滿真心的心

懷念你直到
許久的年歲

~18~

我樂於

被你隱藏在

你和我之間的

距離

~19~

用心感受

生命的豐富

在離離散散的

糾葛中

收藏一份愛

非關被時間

冰封

任我們

——開落

——點燃

~20~
這場尚有空隙的
思念
你我來牽引
並且小心翼翼
捧在手心

故事會在
人生悲喜的標記上
圓滿走向我們

我們不再孤單

~21~

我別無他求

用最單純

最深的愛

在月寒和

日暖裡

等待為我

花開的人

~22~

波折的夢
在岸與岸之間

想念你時
我一切的虛幻
都成真實

~23~

你沒有任何停留

我以愛之名

卸下防備之心

當你要往前的每一步

也請步出我永凍的思念

我願甜蜜的詞章

化作

對你

積累一世的情

~24~

繼續演練

這個角色

懂得凡事

捨得關係

這條路崎嶇

終會漫漫

順遂

~25~
千載之後
我流浪的心
依然擁抱著
與你
相同的夢想

~26~

思念

隨風向

無法許念的一個未來

愛展翅

夢飛翔

當復傷落下時

未來的路正美麗

~27~

我們融化在
靜默的語藝

日光摺疊成
並生的翅膀

往事披上
夢一般的溫柔

在流浪的彼岸
愛情開始
湛藍一片海

~28~

記憶重重的傷痕累累

在愛情的驚濤駭浪上

翻飛起舞

斷簡殘篇的歲月

寫下

寂靜與歡欣

不捨和遺憾

不必消失

路過的花香

無怨無悔飄向

一方世界

~29~

許久以後

我們嚮往的愛情

製造一個奇遇

當我們想念彼此時

讓整個世界

變春天了

~30~
將思念寫滿
藍色記憶

陽光春天了
花海

寂寞因而留下
馨香的詩意

~31~

無法表達的愛情
停盼於四季的更迭

月光匯集成的夢
終將在
逐漸冷卻的
淚與痛　呈現

~32~

讓回憶走過
美麗的思念

春櫻粉紅了
晃蕩幽微的時空

季節已是
千年之身

宇宙賜予的
一直是
永恆的希望

~33~

讓陽光乘著風

讓春末在葉楓的闌珊

遇見希望

讓朝朝暮暮的牽戀

在輪迴的盡頭

方能覓得

長久的想念

~34~

我們會相遇
循著愛情的旋律

世故風霜
沉積堆疊於
幸福的流年

一時一刻
只是過境的塵埃

明天以後
是愛是恨
都是生命賦予的禮物

~35~

日子記錄

一生又一世

幸福來了

就不會離去

天會再次亮起

時間不會落幕

而我們的人生

等待我們

最完美的演出

~36~

那天以後
思念不斷為我們
拓寬疆域

彩虹在微雨中
攤開
前世今生的牽掛

世界和我
等你到來

~37~

等一場

不經意的停留

用生命最好的時刻

在最好的地方

因為這是

以我們為中心的

相遇

卷二　情路

在漫漫長夜之中
你是我最思念的
那道星光
短促
且迢長

~1~

我

始終等待著

等待串著

與前世糾纏的

你每一個回眸

~2~

把感恩存滿

空散的光陰

縱使

有最大的遙望

即使迷途

即使質疑

我們需要

勇敢一點的愛

~3~

我一直希望夜幕

能再延長一些

好讓我順利抵達

數萬光年以外的你

~4~

未乾的淚痕苦揀

浪漫的情詩

讓成網的夢

捕捉

思念流動的方向

翻翻覆覆的昨日與今日

皆而同往與自己熟稔的路

~5~
我們習慣累積思念
在淚流的方向

孤獨是
無法擁有光的
黑夜
像夢一樣
渺小

~6~

因為
你的緣故
後來的
情節裡

我不再使用
任何量詞

~7~

歲月在風中

悽然

我的牽掛在

不曾變亂的

堆疊裡

無處

安然

~8~

請在下一季的

春天

殷殷憐盼

我任何的

淚水

~9~

在夕陽翻紅的

每一個晚霞

眼淚早已走過

所有的煎熬

~10~

走不進你的心是

我夢裡的詩

和你一起度過的日子

~11~

我仍捨不得離開

用愛的光芒照亮生命

當憂傷落幕時

愛情或許

更加美麗

~12~

用淚水

洗淨

生活中的

每一頁傷痛

讓思念

轉身奔向無限

我要的愛流浪在

花開滿的地方

~13~

我等待著
同一片天空下的你

驚喜的時刻
會來到

有些決心
適合在旅程的最後
抵達

~14~

想著你

心就更靠近你

愛著你

無論太晚或過早

在大意識的動態

串起

你為我編織的情話

用一無所有的

掌心

在迷茫的遠方

日夜盼望你歸航

~15~
無論死亡或新生
月昇或日落

你永遠是
我最想抵達的
那道光芒

~16~

身為墜落

只能完成一次

所有的角色

~17~

我沒有居所

只擁有

思念的情思

我一切的形式

在詩的中心

在風的中心

在海的中心

若我去時留下的

也只能是

在夜的迷茫和混沌中

不辛讓自己淪陷的

一頁心事

~18~

愛情翻落
不帶期盼的深谷

情感的哀傷夢著
殘餘的淚水

~19~

楓葉正飄零

春天帶去遠方

退色的夢

季節的

詩情畫意猶如

無畏懼的愛

誰來寧聽

淚水譜成的心碎

~20~
在漫漫長夜之中
你是我最思念的
那道星光
短促
且迢長

~21~

愛除非真誠

我們樂於隱藏

彼此的缺憾

~22~

宛若

紅塵無你

再有的情

再有的詩

也只能飄零在

流星的方向

~23~

我在此處

無論夢中與醒時

為了你

漫漫掩飾

痛過的悲傷

~24~

等著等著

你就離開了

以日漸繁衍的愛

~25~

守一份真

無論今世

或來生

想念和苦苦

等待間

再種下一顆

你帶不走的蒲公英

~26~

以絕等的真情

我會死心塌地

不排除任何可能

把善良的詞彙都說盡

自心底

如果可以

在此生觸及一顆心

並無他求

無論風寒雨聚

在夢與無夢的國度

獻上

我微薄的愛與絕望

~27~

雨沒有停下
時間在白晝與夜間奔馳

一段愛情是
一則神話的永恆

在最後一場相遇
凋落之前
生命在無聲的光束裡
靜默結局

~28~

將重擔卸下

走過無所不在的季節

情緒也好回憶也罷

在風的邊緣

也能展翅

就像心底的淚痕

毫無艱澀

~29~

那時

也許瞬間也許永恆

愛將被不增不減的日子

深受祝福

而一首詩的末行

還在等待

無夢的夜

~30~
我願意
在你最深的
思念裡
深深遠遠的
沉默
等你

~31~

也許飛翔

或許停歇

在流浪的彼岸

我們終將成為

彼此並生的倒影

~32~

在童話宇宙中

擁抱

前世今生

牽掛的思念

愛在此時

已春天

~33~

用驚歎綑住　一片寧靜

盛大的黑夜

抵達前

文字都必須隱匿

想像愛

有多遠

願時光重頭來過

生活的峽灣

~34~

始終在遠處

只為了等待
層層回響著的
那份愛

~35~

在回憶的海岸

你永遠是

我緊緊相隨的

漂流

卷三　記載

編織已成夢的愛情

淚水斷不了

積累的思念

歷史光陰的

滄桑與美麗

記載

關於愛情存否的答案

~1~
浪潮帶不走
沙灘的餘溫

繁華過後的街景
是你無法歸返的故鄉

~2~

你的愛

短暫如一陣煙

美麗只是剎那

再多的回憶

只能在日記中

深

埋

~3~

我們相遇在

共同製造的奇蹟

失落的黃昏是

我們可以流連的歸屬

愛

捲起的浪花

記載

把每一分鐘

把握成一生一世的我們

~4~

我單薄的思念
如清晨的花
細微的顫抖著

那咫尺以後
愛情
再也沒有回來過

~5~
未來像一本厚重的小說
轉身奔向　無限

所有的感言
不再守護起點

不堪入夢的情思
在湛藍的天際線

雨中的淚痕
不再為誰而停留

~6~

天空是大地
總想望見的不捨

時間知道
記憶與淚水中
存在
歲月走過的
痕跡

~7~
季節已
蒼茫

而我們
也只是
過去的
一場盛夏

~8~

殘留一段
艱辛的抉擇

心事在季節的末尾
悄悄凋零

~9~

在雨過天晴的

天幕上

我們是

夢想

繼續要

努力的撿拾

~10~

在繁星枝蔓的

光芒裡

我們是曾經

存在的故事

~11~

始終為我

卻是遙遠的距離

你巨大的猶豫

放棄了

我想追究的細節

~12~

心

沒有棲息的地方

愛

依然沉默不語

我與你的距離

到哪裡

一直都在流浪

~13~

形同陌路的兩顆心

不再有

起伏的愛

不再有

溫度的承諾

~14~

等待的日子

留下一個虛空

暴雨尚未離去

情緒無意間

來到

時間的旋渦

讓感到遺憾的事

到未來去

~15~

有些決心發生在

盲目的旅程

持續才有進步的可能

我試著在城市中旅行

許多難解的情話

在寸寸的心事中

幽幽隱去

~16~
無論如何
都會受傷

在夢裡遺忘
昨日的傷痛
給未來的自己
堅持的信仰

曾經的挫折
不悔的渴求
會懂我們的心意

~17~

編織已成夢的愛情

淚水斷不了

積累的思念

歷史光陰的

滄桑與美麗

記載

關於愛情存否的答案

~18~

這天豔陽並不容易

我們愈來愈少

努力去了解

晴天底下的淚珠

起飛的歸處與

如何失落到遠方

~19~

以靜默等風
聽一切
最動人的旋律

有一天
我們終究告別
生命裡的芳菲

最初的結局裡
我們的故事
凋零得
如一場泡影

~20~

總有一個地方

讓我們

解開

習得

殊途的餘生

~21~

寒冷已是

過往雲煙

愛情在

淡淡的憂傷裡

苦苦等候

風

帶不走的飄零

~22~

在長長的夜晚

除了想你之外

我沒有其他思念

願北風

帶走我們

破碎的前塵往事

在季節的盡頭

收藏我們

曾經點燃的愛

~23~

願星光駛進

你的夢境

用回憶和思念

敘述愛情

永恆的記憶

~24~

真假超出成敗

一分痛苦

一分歡樂

只是人生一場

為征服者

也為被征服者

~25~

斷斷續續的愛情

紛飛成

確定的相遇

世界的影子

走過

已退溫的生命

長長的路

長不過

黑夜與白晝

情詩在

一無所有的筆下

來過又離去

~26~
無緣歸還的愛
載著我寧靜的
願望

此生的無悔怨
用盡一生的氣力
擺脫與不擺脫間掙扎

如何知悉
字裡行間傳達著
深深情意

風一樣的情愫
在夢的隧道
等待下一次
星子點亮的光點

~27~

記憶裡的空白滑入

花開的春深

矛盾沉悶

都生長其內

遺留多點心事

把悲傷的情節

也一筆勾銷

許多故事的聚聚散散

依在凋萎的時光

不曾歸屬的心

把感激的距離

視同人生歷練

~28~

一些尚未拼湊完好的情節

咫尺在

抵達不了的迷底

而我們

擁有

山盟海誓

相信

不被愛情的汪洋

遺忘

~29~

暮色沉入

遙遠的昨日

葉楓懂得

不停歇的微風

所有的祝福聲中

歲月漸漸走進蒼老

~30~
前世今生牽掛的思念
　　拼貼成
　　沉重的愛

在城市的記憶中尋找
　無可替代的方位

　一場漫長的告白
　　乾涸在
　夢想前進的脈絡

~31~

多少次的擦身而過

月陽封存我們

所踏及的足跡

相遇　同歸

記錄故事的始末

愛何時抵達

躍過不斷迷路的人世

我們終將歸屬於虛無

~32~

春天依舊飄落詩意

年輕的夢

速寫一段

愛情故事

而我們的相遇

始終在

遙不可及的地方

~33~

心散了

愛輕輕飄落在

離你最近的地方

幻化成詩

而一場漫長的告白

無緣抵達

~34~

如碎影一般

抓不住的緣份

你是淒淒思念裡的

愛的種子

只存在

未來之路

~35~

離你甚遠

如在季節的盡頭

笑談一場人生

愛總是

善於等候

當你不經意走過

我冗長的心事

我的情感

再也不需要言語

卻可以與你同往

後記

生命的舞台既是寫作
持續悠遊於
語言的千姿萬態

在這世界我也只是一張風景
遇見或錯過我沒有太多
繽紛的夢境

所有的故事在我的心裡
不再是感傷優美的
無話可說

不完滿的、淡出日常
不該遇見的
只能輕輕擦肩

用書寫展示
日子、溝通、生存、眷戀

不曾空白的行事曆
早已被塗鴉成
翩翩飛舞的詞句

緩緩的腳步
讓時間跟在身後

無所謂愛或已被愛
偶爾等待
花雨春風的來遲

我延伸的將來
總是未完………

2017年深秋留筆

讀詩人112　PG1905

 情路

作　　者	陳　綺
責任編輯	杜國維
圖文排版	周妤靜
封面設計	蔡瑋筠

出版策劃	釀出版
製作發行	秀威資訊科技股份有限公司
	114 台北市內湖區瑞光路76巷65號1樓
	電話：+886-2-2796-3638　傳真：+886-2-2796-1377
	服務信箱：service@showwe.com.tw
	http://www.showwe.com.tw
郵政劃撥	19563868　戶名：秀威資訊科技股份有限公司
展售門市	國家書店【松江門市】
	104 台北市中山區松江路209號1樓
	電話：+886-2-2518-0207　傳真：+886-2-2518-0778
網路訂購	秀威網路書店：http://store.showwe.tw
	國家網路書店：http://www.govbooks.com.tw
法律顧問	毛國樑　律師
總 經 銷	聯合發行股份有限公司
	231新北市新店區寶橋路235巷6弄6號4F
	電話：+886-2-2917-8022　傳真：+886-2-2915-6275

出版日期	2017年11月　BOD一版
定　　價	220元

國家圖書館出版品預行編目

情路 / 陳綺著. -- 一版. -- 臺北市：釀出版,
　2017.11
　　面；　公分. -- (讀詩人；112)
　BOD版
　ISBN 978-986-445-226-2(平裝)

851.486　　　　　　　　106017866

讀者回函卡

感謝您購買本書，為提升服務品質，請填妥以下資料，將讀者回函卡直接寄回或傳真本公司，收到您的寶貴意見後，我們會收藏記錄及檢討，謝謝！如您需要了解本公司最新出版書目、購書優惠或企劃活動，歡迎您上網查詢或下載相關資料：http:// www.showwe.com.tw

您購買的書名：_____

出生日期：_____年_____月_____日

學歷：□高中 (含) 以下　　□大專　　□研究所 (含) 以上

職業：□製造業　□金融業　□資訊業　□軍警　□傳播業　□自由業
　　　□服務業　□公務員　□教職　　□學生　□家管　　□其它____

購書地點：□網路書店　□實體書店　□書展　□郵購　□贈閱　□其他

您從何得知本書的消息？

　□網路書店　□實體書店　□網路搜尋　□電子報　□書訊　□雜誌
　□傳播媒體　□親友推薦　□網站推薦　□部落格　□其他_____

您對本書的評價：（請填代號　1.非常滿意　2.滿意　3.尚可　4.再改進）

　封面設計____　版面編排____　內容____　文／譯筆____　價格____

讀完書後您覺得：

　□很有收穫　□有收穫　□收穫不多　□沒收穫

對我們的建議：_____

_____

_____

_____

11466
台北市內湖區瑞光路 76 巷 65 號 1 樓

秀威資訊科技股份有限公司　　　收

BOD 數位出版事業部

⋯⋯⋯⋯⋯⋯⋯⋯⋯⋯⋯⋯⋯⋯⋯⋯⋯⋯⋯⋯⋯⋯⋯⋯⋯⋯⋯

（請沿線對折寄回，謝謝！）

姓　　名：＿＿＿＿＿＿＿＿＿　　年齡：＿＿＿＿＿　　性別：□女　□男

郵遞區號：□□□□□

地　　址：＿＿＿＿＿＿＿＿＿＿＿＿＿＿＿＿＿＿＿＿＿＿＿＿＿

聯絡電話：(日)＿＿＿＿＿＿＿＿＿＿＿　(夜)＿＿＿＿＿＿＿＿＿＿＿

E-mail：＿＿＿＿＿＿＿＿＿＿＿＿＿＿＿＿＿＿＿＿＿＿＿＿＿